# MANUAL del GUERRERO de la LUZ

## TAMBIÉN DE PAULO COELHO

*El Alquimista*

*El Demonio y la señorita Prym*

*El Peregrino*

*Las Valkirias*

*A orillas del río Piedra me senté y lloré*

*La Quinta Montaña*

*Veronika decide morir*

*Manual del guerrero de la luz*

*Once minutos*

*El Zahir*

*La bruja de Portobello*

*Brida*

*El vencedor está solo*

*Aleph*

*El manuscrito encontrado en Accra*

*Adulterio*

*La espía*

*Hippie*

*El arquero*

# MANUAL del GUERRERO de la LUZ

PAULO COELHO

Traducción de Montserrat Mira

HarperCollins*Español*

Este libro es una obra de ficción. Todos los personajes, hechos e incidentes descritos en sus páginas son ficticios o se usan de modo ficticio. Cualquier similitud con sucesos, lugares o personas reales, vivas o muertas, es pura coincidencia.



Los libros de HarperCollins Español pueden ser adquiridos con fines educativos, empresariales o promocionales. Para más información, envíe un correo electrónico a SPsales@harpercollins.com.

paulocoelhoblog.com

Primera edición de HarperCollins, 2003

Primera edición de HarperCollins Español, 2022

Este libro fue publicado por primera vez en Brasil en 1997 bajo el titulo *Manual do guerreiro da luz* por Objetiva.

Traducción: Montserrat Mira



Este libro ha sido debidamente catalogado en la Biblioteca del Congreso de los Estados Unidos.

ISBN 978-0-06-056571-8

24 25 26 27 28 LBC 39 38 37 36 35

*Oh, María, sin pecado concebida,*
*rogad por nosotros, que recurrimos a Vos. Amén.*

*Para S. I. L., Carlos Eduardo Rangel y*
*Anne Carrière,*
*maestros en el uso del rigor y la compasión*

*No existe discípulo*
*superior al maestro.*
*Todo discípulo perfecto*
*deberá ser como el maestro.*

LUCAS 6, 40

*Tus hijos no son tus hijos, son los hijos y las hijas del anhelo*
*que la vida tiene de sí misma.*
*Vienen a través de ti, pero no vienen de ti, y aunque están*
*contigo, no te pertenecen.*
*Puedes darles tu amor, pero no tus ideas; porque ellos*
*tendrán sus propios pensamientos. Podrás alojar sus*
*cuerpos, pero no sus almas, porque sus almas habitan la*
*casa del mañana, la que no podrás visitar, ni siquiera*
*en tus sueños.*
*Y puedes esforzarte en parecérteles, pero no en hacer que ellos*
*se parezcan a ti, pues la vida no camina hacia atrás, ni*
*se entretiene en el ayer.*
*Tú eres el arco desde el cual los hijos, como flechas vivientes,*
*son impulsados al futuro.*
*El arquero ve el blanco sobre el horizonte y con su poder te*
*curva para que sus flechas vuelen veloces y lejos.*
*Permite gustosa que la mano del arquero te doblegue;*
*porque tanto ama él la flecha en vuelo como el arco que*
*es firme.*

Kahlil Gibran, *El profeta*

# PRÓLOGO

—En la playa al este de la aldea, existe una isla con un gigantesco templo lleno de campanas —dijo la mujer.

El niño reparó que ella vestía ropas extrañas y llevaba un velo cubriendo sus cabellos. Nunca la había visto antes.

—¿Tú ya lo conoces? —preguntó ella—. Ve allí y cuéntame qué te parece.

Seducido por la belleza de la mujer, el niño fue hasta el lugar indicado. Se sentó en la arena y contempló el horizonte, pero no vio nada diferente de lo que estaba acostumbrado a ver: el cielo azul y el océano.

Decepcionado, caminó hasta un pueblecito de pescadores vecino, y preguntó sobre una isla con un templo.

—Ah, esto fue hace mucho tiempo, en la época en que mis bisabuelos vivían aquí —dijo un viejo pescador—. Hubo un terremoto y la isla se hundió en el mar. Sin embargo, aun cuando no podamos ya ver la isla, aún escuchamos las campanas de su templo, cuando el mar las agita en su fondo.

El niño regresó a la playa e intentó oír las campanas. Pasó la tarde entera allí, pero sólo consiguió oír el ruido de las olas y los gritos de las gaviotas.

Cuando la noche llegó, sus padres vinieron a buscarlo. A la

mañana siguiente, él volvió a la playa; no podía creer que una bella mujer pudiese contar mentiras. Si algún día ella regresaba, él podría decirle que no había visto la isla, pero que había escuchado las campanas del templo que el movimiento del agua hacía que sonasen.

Así pasaron muchos meses; la mujer no regresó, y el chico la olvidó; ahora estaba convencido de que tenía que descubrir las riquezas y tesoros del templo sumergido. Si escuchase las campanas, sabría su localización y podría rescatar el tesoro allí escondido.

Ya no se interesaba más por la escuela ni por su grupo de amigos. Se transformó en el objeto de burla preferido de los otros niños, que acostumbraban a decir: "Ya no es como nosotros, prefiere quedarse mirando el mar porque tiene miedo de perder en nuestros juegos".

Y todos se reían, viendo al niño sentado en la orilla de la playa.

Aun cuando no consiguiese escuchar las viejas campanas del templo, el niño iba aprendiendo cosas diferentes. Comenzó a percibir que, de tanto oír el ruido de las olas, ya no se dejaba distraer por ellas. Poco tiempo después, se acostumbró también a los gritos de las gaviotas, al zumbido de las abejas y al del viento golpeando en las hojas de las palmeras.

Seis meses después de su primera conversación con la mujer, el niño ya era capaz de no distraerse por ningún ruido, aunque seguía sin escuchar las campanas del templo sumergido.

Otros pescadores venían a hablar con él y le insistían:

—¡Nosotros las oímos! —decían.

Pero el chico no lo conseguía.

Algún tiempo después, los pescadores cambiaron su actitud.

—Estás demasiado preocupado por el ruido de las campanas sumergidas; olvídate de ellas y vuelve a jugar con tus amigos. Puede ser que sólo los pescadores consigamos escucharlas.

Después de casi un año, el niño pensó: "Tal vez estos hombres tengan razón. Es mejor crecer, hacerme pescador y volver todas las mañanas a esta playa, porque he llegado a aficionarme a ella". Y pensó también: "Quizá todo esto sea una leyenda y, con el terremoto, las campanas se hayan roto y jamás vuelvan a tocar".

Aquella tarde, resolvió volver a su casa.

Se aproximó al océano para despedirse. Contempló una vez más la Naturaleza y, como ya no estaba preocupado con las campanas, pudo sonreír con la belleza del canto de las gaviotas, el ruido del mar, el viento golpeando las hojas de las palmeras. Escuchó a lo lejos la voz de sus amigos jugando, y sintióse alegre por saber que pronto regresaría a sus juegos infantiles.

El niño estaba contento y —en la forma en que sólo un niño sabe hacerlo— agradeció el estar vivo. Estaba seguro de que no había perdido su tiempo, pues había aprendido a contemplar y a reverenciar la Naturaleza.

Entonces, porque escuchaba el mar, las gaviotas, el viento en las hojas de las palmeras y las voces de sus amigos jugando, oyó también la primera campana.

Y después otra.

Y otra más, hasta que todas las campanas del templo sumergido tocaron, para su alegría.

Años después, siendo ya un hombre, regresó a la aldea y

a la playa de su infancia. No pretendía rescatar ningún tesoro del fondo del mar; tal vez todo aquello había sido fruto de su imaginación, y jamás había escuchado las campanas sumergidas en una tarde perdida de su infancia. Aun así, resolvió pasear un poco para oír el ruido del viento y el canto de las gaviotas.

Cuál no sería su sorpresa al ver, sentada en la arena, a la mujer que le había hablado de la isla con su templo.

—¿Qué hace usted aquí? —preguntó.

—Esperar por ti —respondió ella.

Él se fijó en que, aunque habían transcurrido muchos años, la mujer conservaba la misma apariencia: el velo que escondía sus cabellos no parecía descolorido por el tiempo.

Ella le ofreció un cuaderno azul, con las hojas en blanco.

—Escribe: un guerrero de la luz presta atención a los ojos de un niño. Porque ellos saben ver el mundo sin amargura. Cuando él desea saber si la persona que está a su lado es digna de confianza, procura verla como lo haría un niño.

—¿Qué es un guerrero de la luz?

—Tú lo sabes —respondió ella, sonriendo—. Es aquel que es capaz de entender el milagro de la vida, luchar hasta el final por algo en lo que cree, y entonces, escuchar las campanas que el mar hace sonar en su lecho.

Él jamás se había creído un guerrero de la luz. La mujer pareció adivinar su pensamiento.

—Todos son capaces de esto. Y nadie se considera un guerrero de la luz, aun cuando todos lo sean.

Él miró las páginas del cuaderno. La mujer sonrió de nuevo.

—Escribe sobre el guerrero —le dijo.

# MANUAL del GUERRERO de la LUZ

Un guerrero de la luz nunca olvida la gratitud.

Durante la lucha, fue ayudado por los ángeles; las fuerzas celestiales colocaron cada cosa en su lugar, y permitieron que él pudiera dar lo mejor de sí.

Los compañeros comentan: "¡Qué suerte tiene!". Y el guerrero a veces consigue mucho más de lo que su capacidad permite.

Por eso, cuando el sol se pone, se arrodilla y agradece el Manto Protector que lo rodea.

Su gratitud, no obstante, no se limita al mundo espiritual; él jamás olvida a sus amigos, porque la sangre de ellos se mezcló con la suya en el campo de batalla.

Un guerrero no necesita que nadie le recuerde la ayuda de los otros; él se acuerda solo, y reparte con ellos la recompensa.

TODOS LOS CAMINOS DEL MUNDO llevan hasta el corazón del guerrero; él se zambulle sin vacilar en el río de las pasiones que siempre corre por su vida.

El guerrero sabe que es libre para elegir lo que desee; sus decisiones son tomadas con valor, desprendimiento y —a veces— con una cierta dosis de locura.

Acepta sus pasiones y las disfruta intensamente. Sabe que no es necesario renunciar al entusiasmo de las conquistas; ellas forman parte de la vida y alegran a todos los que en ellas participan.

Pero jamás pierde de vista las cosas duraderas, y los lazos creados con solidez a través del tiempo.

Un guerrero sabe distinguir lo que es pasajero de lo que es definitivo.

UN GUERRERO DE LA LUZ no cuenta solamente con sus fuerzas; usa también la energía de su adversario.

Al iniciar el combate, todo lo que él posee es su entusiasmo, y los golpes que aprendió mientras se entrenaba. A medida que la lucha avanza, descubre que el entusiasmo y el entrenamiento no son suficientes para vencer: se necesita experiencia.

Entonces él abre su corazón al Universo, y pide inspiración a Dios, de modo que cada golpe al enemigo sea también una lección de defensa para él.

Los compañeros comentan: "¡Qué supersticioso es!, paró la lucha para rezar, y respeta los trucos de su adversario".

El guerrero no responde a estas provocaciones. Sabe que, sin inspiración ni experiencia, ningún entrenamiento da resultado.

Un guerrero de la luz jamás hace trampas; pero sabe distraer a su adversario.

Por más ansioso que esté, juega con los recursos de la estrategia para alcanzar su objetivo. Cuando ve que se están acabando sus fuerzas, hace que el enemigo piense que no tiene prisa. Cuando necesita atacar por la derecha, mueve sus tropas hacia el lado izquierdo. Si pretende iniciar la lucha inmediatamente, finge tener sueño y se prepara para dormir.

Los amigos comentan: "Ved cómo ha perdido su entusiasmo". Pero él no hace caso de los comentarios, porque los amigos no conocen sus tácticas de combate.

Un guerrero de la luz sabe lo que quiere, y no necesita dar explicaciones.

COMENTA UN SABIO CHINO SOBRE las estrategias del guerrero de la luz:

"Haz que tu enemigo crea que no conseguirá grandes recompensas si se decide a atacarte; así, disminuirás su entusiasmo.

"No te avergüence retirarte provisionalmente del combate si percibes que tu enemigo es más fuerte; lo importante no es la batalla aislada, sino el final de la guerra.

"Si eres lo suficientemente fuerte, tampoco te avergüences de fingirte débil; esto hará que tu enemigo pierda la prudencia y ataque antes de hora.

"En una guerra, la capacidad de sorprender al adversario es la clave de la victoria".

"ES CURIOSO —COMENTA PARA SÍ el guerrero de la luz—. Cuánta gente he conocido que en la primera oportunidad intenta mostrar lo peor de sí mismo. Esconden la fuerza interior detrás de la agresividad; disfrazan el miedo a la soledad con aires de independencia. No creen en su propia capacidad, pero viven pregonando a los cuatro vientos sus virtudes".

El guerrero lee estos mensajes en muchos hombres y mujeres que conoce. Nunca se deja engañar por las apariencias y permanece en silencio cuando intentan impresionarlo. Pero usa la ocasión para corregir sus propios fallos, ya que las personas son siempre un buen espejo.

Un guerrero aprovecha toda y cualquier oportunidad para enseñarse a sí mismo.

EL GUERRERO DE LA LUZ a veces lucha con quien ama.

El hombre que preserva a sus amigos jamás es dominado por las tempestades de la existencia; tiene fuerzas para vencer las dificultades y seguir adelante.

Sin embargo, muchas veces se siente desafiado por aquellos a quienes procura enseñar el arte de la espada. Sus discípulos lo provocan para un combate.

Y el guerrero muestra su capacidad: con algunos golpes, lanza las armas de sus alumnos por tierra y la armonía vuelve al lugar de reunión.

—¿Por qué hacer esto, si es tan superior? —pregunta un viajero.

—Porque cuando me desafían, en verdad están queriendo conversar conmigo y, de esta manera, mantengo el diálogo —responde el guerrero.

UN GUERRERO DE LA LUZ, antes de entrar en un combate importante, se pregunta a sí mismo: "¿Hasta qué punto desarrollé mi habilidad?".

Él sabe que las batallas que trabó en el pasado siempre terminan por enseñar algo. No obstante, muchas de estas enseñanzas le hicieron sufrir más de lo necesario. Más de una vez perdió su tiempo luchando por causa de una mentira. Y sufrió por personas que no estaban a la altura de su amor.

Los victoriosos no repiten el mismo error. Por eso el guerrero sólo arriesga su corazón por algo que valga la pena.

UN GUERRERO DE LA LUZ respeta la principal enseñanza del *I Ching*: "La perseverancia es favorable".

Él sabe que la perseverancia no tiene nada que ver con la insistencia. Existen épocas en las que los combates se prolongan más allá de lo necesario, agotando sus fuerzas y debilitando su entusiasmo.

En estos momentos, el guerrero reflexiona: "Una guerra prolongada termina también destruyendo la victoria".

Entonces retira sus fuerzas del campo de batalla y se concede una tregua. Persevera en su voluntad, pero sabe esperar el mejor momento para un nuevo ataque.

Un guerrero siempre retorna a la lucha. Pero nunca lo hace por obstinación, sino porque nota el cambio en el tiempo.

UN GUERRERO DE LA LUZ sabe que ciertos momentos se repiten.

Con frecuencia se ve ante los mismos problemas y situaciones que ya había afrontado; entonces se deprime, pensando que es incapaz de progresar en la vida, ya que los momentos difíciles reaparecen.

"¡Ya pasé por esto!", se queja él a su corazón.

"Realmente tú ya lo pasaste —responde el corazón—, pero nunca lo sobrepasaste".

El guerrero entonces comprende que las experiencias repetidas tienen una única finalidad: enseñarle lo que no quiere aprender.

Un guerrero de la luz siempre hace algo fuera de lo común.

Puede bailar en la calle mientras se dirige al trabajo, mirar los ojos de un desconocido y hablar de amor a primera vista, defender una idea que puede parecer ridícula. Los guerreros de la luz se permiten tales días.

No tiene miedo de llorar antiguas penas ni de alegrarse con nuevos descubrimientos. Cuando siente que llegó el momento, lo abandona todo y parte hacia su aventura tan soñada. Cuando entiende que está en el límite de su resistencia, sale del combate, sin culparse por haber hecho alguna locura inesperada.

Un guerrero no pasa sus días intentando representar el papel que los otros escogieron para él.

LOS GUERREROS DE LA LUZ mantienen el brillo en sus ojos.

Están en el mundo, forman parte de la vida de otras personas y comienzan su jornada sin alforja y sin sandalias. Muchas veces son cobardes. No siempre actúan acertadamente.

Sufren por cosas inútiles, tienen actitudes mezquinas, a veces se juzgan incapaces de crecer. Frecuentemente se consideran indignos de cualquier bendición o milagro.

No siempre están seguros de lo que están haciendo aquí. Muchas veces pasan noches en vela, creyendo que sus vidas no tienen sentido.

Por eso son guerreros de la luz. Porque se equivocan. Porque se preguntan. Porque buscan una razón —y con seguridad la encontrarán.

EL GUERRERO DE LA LUZ no teme parecer loco.

Cuando está solo, habla en voz alta consigo mismo. Alguien le enseñó que ésta es la mejor manera de comunicarse con los ángeles, y él arriesga el contacto.

Al principio lo encuentra difícil. Piensa que no tiene nada que decir, que repetirá tonterías sin sentido. Pero aun así, el guerrero insiste. Cada día conversa con su corazón. Dice cosas con las que no está de acuerdo, habla de bobadas.

Un día percibe el cambio en su voz. Y entiende que está canalizando una sabiduría mayor.

El guerrero parece loco, pero esto es apenas un disfraz.

Dice un poeta: "El guerrero de la luz escoge a sus enemigos".

Él sabe de lo que es capaz; no necesita andar por el mundo contando sus cualidades y virtudes. Sin embargo, a cada momento aparece alguien queriendo probar que es mejor que él.

Para el guerrero, no existe "mejor" o "peor"; cada uno tiene los dones necesarios para su camino individual.

Pero ciertas personas insisten. Provocan, ofenden, hacen todo lo posible para irritarlo. En este momento, su corazón dice: "No aceptes las ofensas, ellas no aumentarán tu habilidad. Te cansarás inútilmente".

Un guerrero de la luz no pierde su tiempo escuchando provocaciones; él tiene un destino que debe ser cumplido.

El guerrero de la luz recuerda un fragmento de John Bunyan:

"Aun cuando haya pasado por todo lo que pasé, no me arrepiento de los problemas en que me metí, porque fueron ellos los que me condujeron hasta donde deseé llegar. Ahora, todo lo que tengo es esta espada, y la entrego a cualquiera que desee seguir su peregrinación. Llevo conmigo las marcas y las cicatrices de los combates; ellas son testimonio de lo que viví, y recompensas de lo que conquisté.

"Son estas marcas y cicatrices queridas las que me abrirán las puertas del Paraíso. Hubo una época en la que viví escuchando historias de hazañas. Hubo otras épocas en que viví simplemente porque necesitaba vivir. Pero ahora vivo porque soy un guerrero y porque quiero un día estar en la compañía de Aquel por quien tanto luché".

DESDE EL MOMENTO EN QUE comienza a andar, un guerrero de la luz reconoce el Camino.

Cada piedra, cada curva, le da la bienvenida. Él se identifica con las montañas y los arroyos, ve un poco de su alma en las plantas, en los animales y en las aves del campo.

Entonces, aceptando la ayuda de Dios y de las Señales de Dios, deja que su Leyenda Personal lo guíe en dirección a las tareas que la vida le reserva.

Algunas noches no tiene dónde dormir, otras sufre de insomnio. "Esto forma parte del juego —piensa el guerrero—. Fui yo quien decidió seguir por aquí".

En esta frase está todo su poder: él escogió la senda por donde camina ahora, y no tiene motivo para protestar.

De aquí en adelante —y por algunos centenares de años— el Universo ayudará a los guerreros de la luz a boicotear a los prejuiciosos.

La energía de la Tierra necesita ser renovada.

Las ideas nuevas necesitan espacio.

El cuerpo y el alma necesitan nuevos desafíos.

El futuro se transformó en presente, y todos los sueños —excepto los que contienen prejuicios— tendrán oportunidad de manifestarse.

Lo que haya sido importante, permanecerá; lo inútil, desaparecerá. El guerrero, sin embargo, no está encargado de juzgar los sueños del prójimo, y no pierde tiempo criticando las decisiones ajenas.

Para tener fe en su propio camino, no necesita probar que el camino del otro está equivocado.

Un guerrero de la luz estudia con mucho cuidado la posición que pretende conquistar.

Por más difícil que sea su objetivo, siempre existe una manera de superar los obstáculos. Él verifica los caminos alternativos, afila su espada, procura llenar su corazón con la perseverancia necesaria para enfrentarse al desafío.

Pero a medida que avanza, el guerrero se da cuenta de que existen dificultades con las cuales no contaba.

Si permanece esperando el momento ideal, nunca saldrá del lugar; es preciso un poco de locura para dar el próximo paso.

El guerrero usa un poco de locura. Porque en la guerra y en el amor, no es posible preverlo todo.

Un guerrero de la luz conoce sus defectos. Pero conoce también sus cualidades.

Algunos compañeros se quejan todo el tiempo: "Los demás tienen más oportunidades que nosotros".

Quizá tengan razón; pero un guerrero no se deja paralizar por esto, sino que procura valorizar al máximo sus virtudes.

Sabe que el poder de la gacela es la habilidad de sus patas. El poder de la gaviota es su puntería para alcanzar el pez. Aprendió que un tigre no teme a la hiena, porque es consciente de su fuerza.

Entonces procura saber con qué puede contar. Y siempre verifica su equipo, compuesto por tres elementos: fe, esperanza y amor.

Si los tres están presentes, él no duda en seguir adelante.

EL GUERRERO DE LA LUZ sabe que nadie es tonto, y la vida enseña a todos, aun cuando esto exija tiempo.

Él da lo mejor de sí, y espera lo mejor de los otros. Además de eso, procura mostrar a todos los demás, con generosidad, de cuánto son capaces.

Algunos compañeros comentan: "Existen personas ingratas".

El guerrero no se altera por oír esto. Y continúa estimulando a su prójimo, porque es una manera de estimularse a sí mismo.

TODO GUERRERO DE LA LUZ ya tuvo alguna vez miedo de entrar en combate.

Todo guerrero de la luz ya traicionó y mintió en el pasado.

Todo guerrero de la luz ya recorrió un camino que no le pertenecía.

Todo guerrero de la luz ya sufrió por cosas sin importancia.

Todo guerrero de la luz ya creyó que no era un guerrero de la luz.

Todo guerrero de la luz ya falló en sus obligaciones espirituales.

Todo guerrero de la luz ya dijo sí cuando quería decir no.

Todo guerrero de la luz ya hirió a alguien a quien amaba.

Por eso es un guerrero de la luz; porque pasó por todo eso y no perdió la esperanza de ser mejor de lo que era.

El guerrero siempre oye las palabras de algunos predicadores antiguos, como las de T. H. Huxley:

"Las consecuencias de nuestras acciones son espantajos para los cobardes, y rayos de luz para los sabios".

"El tablero de ajedrez es el mundo. Las piezas son los gestos de nuestra vida diaria; las reglas son las llamadas leyes de la Naturaleza. No podemos ver al jugador que está al otro lado del tablero, pero sabemos que Él es justo, honesto y paciente".

Cabe al guerrero aceptar el desafío. Él sabe que Dios no deja pasar un solo error de aquellos a quienes ama, y no permite que sus preferidos finjan desconocer las reglas del juego.

UN GUERRERO DE LA LUZ no posterga sus decisiones.

Él reflexiona bastante antes de actuar; sopesa su entrenamiento, su responsabilidad y su deber como maestro. Procura mantener la serenidad y analiza cada paso como si fuese lo más importante.

No obstante, en el momento en que toma una decisión, el guerrero sigue adelante: ya no tiene más dudas sobre lo que escogió ni cambia de ruta si las circunstancias fueran diferentes a lo que imaginaba.

Si su decisión fue correcta, vencerá en el combate, aun cuando dure más de lo previsto. Si su decisión fue equivocada, él será derrotado y tendrá que recomenzar todo otra vez, pero lo hará con más sabiduría.

Pero un guerrero de la luz, cuando comienza, llega hasta el final.

UN GUERRERO SABE QUE SUS mejores maestros son las personas con las que divide el campo de batalla.

Es peligroso pedir un consejo. Y mucho más arriesgado darlo. Cuando él necesita ayuda, procura ver cómo sus amigos resuelven —o no resuelven— sus problemas.

Si busca la inspiración, lee en los labios de su vecino las palabras que su ángel de la guarda quiere transmitirle.

Cuando está cansado o solitario, no sueña con mujeres y hombres distantes; busca a quien está a su lado, y comparte su dolor o su necesidad de cariño, con placer y sin culpa.

Un guerrero sabe que la estrella más distante del Universo se manifiesta en las cosas que están a su alrededor.

Un guerrero de la luz comparte su mundo con las personas que ama.

Procura animarlas a hacer lo que les gustaría pero no se atreven; en estos momentos, el Adversario aparece con dos tablas en la mano.

En una de las tablas está escrito: "Piensa más en ti mismo. Conserva las bendiciones para ti mismo o acabarás perdiéndolo todo".

En la otra tabla, lee: "¿Quién eres tú para ayudar a los otros? ¿No será que no consigues ver tus propios defectos?".

Un guerrero sabe que tiene defectos. Pero sabe también que no puede crecer solo, distanciándose de sus compañeros.

Entonces él arroja las dos tablas al suelo, aun reconociendo que tienen un fondo de verdad. Ellas se transforman en polvo, y el guerrero continúa animando a quien está cerca.

El sabio Lao Tzu comenta la jornada del guerrero de la luz:

"El Camino incluye el respeto por todo lo que es pequeño y sutil. Conoce siempre el momento de tomar las actitudes necesarias".

"Aunque ya hayas tirado diversas veces con el arco, continúa prestando atención a la manera cómo colocas la flecha y cómo tensas la cuerda".

"Cuando el iniciante está consciente de sus necesidades, termina siendo más inteligente que el sabio distraído".

"Acumular amor significa suerte, acumular odio significa calamidad. Quien no reconoce los problemas, termina dejando la puerta abierta, y las tragedias surgen".

"El combate nada tiene que ver con la pelea".

EL GUERRERO DE LA LUZ medita.

Se sienta en un lugar tranquilo de su tienda y se entrega a la luz divina. Al hacer esto, procura no pensar en nada; se desconecta de la búsqueda de placeres, de los desafíos y de las revelaciones, y deja que sus dones y poderes se manifiesten.

Aunque no los perciba en el mismo momento, estos dones y poderes están cuidando de su vida, y van a influir en su quehacer cotidiano.

Mientras medita, el guerrero no es él, sino una centella del Alma del Mundo. Son estos momentos los que le permiten entender su responsabilidad, y actuar de acuerdo con ella.

Un guerrero de la luz sabe que, en el silencio de su corazón, existe un orden que lo orienta.

CUANDO TENGO EL ARCO TENSO —dice Herrigel a su maestro zen—, llega un momento en el que, si no disparo inmediatamente, siento que voy a perder el aliento.

—Mientras intentes provocar el momento de disparar la flecha no aprenderás el arte de los arqueros —contesta el maestro—. Lo que a veces altera la precisión del tiro es la voluntad demasiado activa del arquero.

Un guerrero de la luz a veces piensa: "Todo lo que yo no haga, no será hecho".

Pero no es exactamente así: él debe actuar, pero debe dejar también que el Universo actúe en su debido momento.

Un guerrero, cuando sufre una injusticia, generalmente procura quedarse solo, para no mostrar su dolor a los otros.

Es un comportamiento bueno y malo al mismo tiempo.

Una cosa es dejar que su corazón cure lentamente las propias heridas. Otra cosa es permanecer todo el día en meditación profunda, con miedo a parecer débil.

Dentro de cada uno de nosotros existe un ángel y un demonio, y sus voces son muy parecidas. Ante la dificultad, el demonio alimenta esta conversación solitaria, procurando mostrarnos cuán vulnerables somos. El ángel nos hace reflexionar sobre nuestras actitudes, y a veces necesita manifestarse a través de la boca de alguien.

Un guerrero equilibra soledad y dependencia.

UN GUERRERO DE LA LUZ necesita amor.

El afecto y el cariño forman parte de su naturaleza, tanto como el comer, el beber o el gusto por el Buen Combate. Cuando el guerrero no se siente feliz ante una puesta de sol, es que algo anda mal.

En este momento, interrumpe el combate y va en busca de compañía, para contemplar juntos el atardecer.

Si tiene dificultades para encontrarla, se pregunta a sí mismo: "¿Tuve miedo de aproximarme a alguien? ¿Recibí afecto y no lo percibí?".

Un guerrero de la luz usa la soledad, pero no es usado por ella.

El guerrero de la luz sabe que es imposible vivir en estado de completa relajación.

Aprendió como arquero que, para disparar su saeta a distancia, es preciso mantener el arco bien estirado. Aprendió con las estrellas que sólo la explosión interior permite su brillo. El guerrero repara en que el caballo, en el momento de trasponer un obstáculo, contrae todos sus músculos.

Pero él jamás confunde tensión con nerviosismo.

El guerrero de la luz siempre consigue equilibrar Rigor y Misericordia.

Para alcanzar su sueño, necesita una voluntad firme, y una inmensa capacidad de entrega: aunque tenga un objetivo, no siempre el camino para lograrlo es aquel que se imagina.

Por eso, el guerrero usa la disciplina y la compasión. Dios jamás abandona a sus hijos, pero sus designios son insondables, y Él construye el camino con nuestros propios pasos.

Usando la disciplina y la entrega, el guerrero se entusiasma. La rutina nunca puede dirigir movimientos importantes.

El guerrero de la luz a veces actúa como el agua, y fluye entre los obstáculos que encuentra.

En ciertos momentos, resistir significa ser destruido; entonces, él se adapta a las circunstancias. Acepta sin protestar que las piedras del camino tracen su rumbo a través de las montañas.

En esto reside la fuerza del agua; jamás puede ser quebrada por un martillo ni herida por un cuchillo. La más poderosa espada del mundo es incapaz de dejar una cicatriz sobre su superficie.

El agua de un río se adapta al camino más factible, sin olvidar su objetivo: el mar. Frágil en su nacimiento, lentamente va adquiriendo la fuerza de los otros ríos que encuentra.

Y a partir de un determinado momento, su poder es total.

PARA EL GUERRERO DE LA luz, no existe nada abstracto.

Todo es concreto, y todo le concierne. Él no está sentado en el confort de su tienda, observando lo que sucede en el mundo; acepta cada desafío como una oportunidad que se le presenta para transformarse a sí mismo.

Algunos de sus compañeros pasan la vida criticando la falta de elección, o comentando las decisiones ajenas. El guerrero, sin embargo, transforma su pensamiento en acción.

Algunas veces yerra el objetivo, y paga, sin protestar, el precio de su error. Otras veces se desvía del camino, y pierde mucho tiempo regresando al destino original.

Pero un guerrero no se distrae.

UN GUERRERO DE LA LUZ tiene las cualidades de una roca.

Cuando está en terreno plano —todo en su entorno encontró la armonía—, él se mantiene estable. Las personas pueden construir sus casas sobre lo que fue creado, porque la tempestad no lo destruirá.

Cuando, en cambio, lo colocan en terreno inclinado —y las cosas que lo rodean no demuestran equilibrio o respeto—, él revela su fuerza; rueda en dirección al enemigo que amenaza la paz. En estos momentos, el guerrero es devastador, y nadie consigue detenerlo.

Un guerrero de la luz piensa en la guerra y en la paz al mismo tiempo, y sabe actuar de acuerdo con las circunstancias.

UN GUERRERO DE LA LUZ que confía demasiado en su inteligencia, acaba por subestimar el poder del adversario.

Es necesario no olvidar que hay momentos en que la fuerza es más eficaz que la estrategia.

La lidia de un toro dura quince minutos; el toro aprende rápidamente que está siendo engañado y su próximo paso es embestir sobre el torero. Cuando esto sucede, no hay brillo, argumento, inteligencia o artimañas que puedan evitar la tragedia.

Por eso, el guerrero nunca subestima la fuerza bruta. Cuando ésta es demasiado violenta, él se retira del campo de batalla, hasta que el enemigo gaste su energía.

El guerrero de la luz sabe reconocer un enemigo más fuerte que él.

Si resuelve enfrentarse con él, será inmediatamente destruido. Si acepta sus provocaciones, caerá en la trampa. Entonces, usa la diplomacia para superar la difícil situación en que se encuentra. Cuando el enemigo actúa como un bebé, él hace lo mismo. Cuando lo llama para el combate, él se hace el desentendido.

Los amigos comentan: "Es un cobarde".

Pero el guerrero no hace caso al comentario; sabe que toda la rabia y el coraje de un pájaro son inútiles delante del gato.

En situaciones como ésta, el guerrero tiene paciencia; pronto el enemigo partirá para provocar a otros.

UN GUERRERO DE LA LUZ no permanece indiferente ante la injusticia.

Sabe que todo es una unidad, y que cada acción individual afecta a todos los hombres del planeta. Por eso, cuando presencia el sufrimiento ajeno, usa su espada para poner las cosas en orden.

No obstante, aun cuando luche contra la opresión, en ningún momento procura juzgar al opresor. Cada uno responderá de sus actos ante Dios y, una vez cumplida su tarea, el guerrero no emite ningún comentario.

Un guerrero de la luz está en el mundo para ayudar a sus hermanos y no para condenar a su prójimo.

UN GUERRERO DE LA LUZ nunca se acobarda.

La fuga puede ser un excelente arte de defensa, pero no debe ser usada cuando el miedo es grande. En la duda, el guerrero prefiere afrontar la derrota y después curar sus heridas, porque sabe que si huyera estaría dando a su agresor un poder más grande que el que merece.

Ante los momentos difíciles y dolorosos, el guerrero encara la situación desventajosa con heroísmo, resignación y coraje.

UN GUERRERO DE LA LUZ nunca tiene prisa.

El tiempo trabaja en su favor; él aprende a dominar la impaciencia y evita gestos impensados.

Caminando despacio, nota la firmeza de sus pasos. Sabe que participa de un momento decisivo en la historia de la humanidad, y necesita cambiarse a sí mismo antes de transformar al mundo. Por eso recuerda las palabras de Lanza del Vasto: "Una revolución necesita tiempo para instalarse".

Un guerrero nunca coge el fruto cuando aún está verde.

UN GUERRERO DE LA LUZ necesita simultáneamente paciencia y rapidez.

Los dos mayores errores de una estrategia son: el actuar antes de hora y el dejar que la oportunidad pase de largo. Para evitar esto, el guerrero trata cada situación como si fuera única y no aplica fórmulas ni recetas ni opiniones ajenas.

El califa Moauiyat preguntó a Omar Ben al-Aas cuál era el secreto de su gran habilidad política:

"Nunca me metí en un asunto sin haber estudiado previamente la retirada; por otro lado, nunca entré y quise salir en seguida corriendo", fue la respuesta.

UN GUERRERO DE LA LUZ muchas veces se desanima.

Siente que nada consigue despertar la emoción que deseaba. Muchas tardes y noches debe permanecer manteniendo una posición conquistada sin que ningún acontecimiento nuevo le devuelva el entusiasmo.

Sus amigos comentan: "Tal vez su lucha haya terminado".

El guerrero siente dolor y confusión al escuchar estos comentarios porque sabe que aún no llegó hasta donde quería. Pero es obstinado, y no abandona lo que había decidido hacer.

Entonces, cuando menos lo espera, una nueva puerta se abre.

UN GUERRERO DE LA LUZ siempre mantiene su corazón limpio de sentimientos de odio.

Cuando se dirige a la lucha, recuerda las palabras de Cristo: "Amad a vuestros enemigos". Y obedece.

Pero sabe que el acto de perdonar no obliga a aceptarlo todo; un guerrero no puede bajar la cabeza, pues de hacerlo perdería de vista el horizonte de sus sueños.

Acepta que los adversarios están allí para poner a prueba su bravura, su persistencia, su capacidad de tomar decisiones. Ellos lo obligan a luchar por sus sueños.

Es la experiencia del combate lo que fortalece al guerrero de la luz.

El guerrero mantiene el recuerdo del pasado.

Conoce la Búsqueda Espiritual del hombre, sabe que ella ya escribió algunas de las mejores páginas de la historia.

Y algunos de sus peores capítulos: masacres, sacrificios, oscurantismo. Fue usada para fines particulares, y vio a sus ideales servir de escudo para intenciones terribles.

El guerrero ya oyó comentarios del tipo: "¿Cómo voy a saber que este camino es serio?". Y vio a mucha gente abandonar la búsqueda por no poder responder a esta pregunta.

El guerrero no tiene dudas; sigue una fórmula infalible.

"Por los frutos conoceréis el árbol", dijo Jesús. Él sigue esta regla, y no yerra nunca.

El guerrero de la luz conoce la importancia de la intuición.

En medio de la batalla, no tiene tiempo para pensar en los golpes del enemigo. Entonces usa su instinto y obedece a su ángel.

En tiempos de paz, descifra las señales que Dios le envía.

La gente dice: "Está loco".

O bien: "Vive en un mundo de fantasía".

O también: "¿Cómo puede confiar en algo que no tiene lógica?".

Pero el guerrero sabe que la intuición es el alfabeto de Dios, y continúa escuchando el viento y hablando con las estrellas.

El guerrero de la luz se sienta con sus compañeros en torno a una hoguera.

Comentan sus conquistas, y los extraños que se incorporan al grupo son bienvenidos, porque todos están orgullosos de su vida y del Buen Combate. El guerrero habla con entusiasmo del camino, cuenta cómo resistió a cierto desafío, qué solución encontró para un momento difícil. Cuando cuenta historias, reviste sus palabras de pasión y romanticismo.

A veces se permite exagerar un poco. Recuerda que sus antepasados también exageraban de vez en cuando.

Por eso hace lo mismo. Pero sin confundir jamás orgullo con vanidad, y sin creer sus propias exageraciones.

"SÍ —ESCUCHA DECIR A ALGUIEN el guerrero—. Necesito entenderlo todo antes de tomar una decisión. Quiero tener la libertad de cambiar de idea".

El guerrero desconfía de esa frase. También él puede tener la misma libertad, pero eso no le impide asumir un compromiso, aunque no comprenda exactamente por qué lo hizo.

Un guerrero de la luz toma decisiones. Su alma es libre como las nubes en el cielo, pero él está comprometido con su sueño. En su camino libremente elegido, tiene que levantarse en horas que no le gustan, hablar con gente que no aporta nada, hacer algunos sacrificios.

Los amigos comentan: "Tú no eres libre".

El guerrero es libre. Pero sabe que horno abierto no cuece pan.

EN CUALQUIER ACTIVIDAD, ES PRECISO saber lo que se debe esperar, los medios de alcanzar el objetivo, y la capacidad que tenemos para la tarea propuesta.

"Sólo puede decir que renunció a los frutos aquel que, estando así equipado, no siente ningún deseo por los resultados de la conquista y permanece absorbido en el combate.

"Se puede renunciar al fruto, pero esta renuncia no significa indiferencia ante el resultado".

El guerrero de la luz escucha con respeto la estrategia de Gandhi. Y no se deja confundir por personas que, incapaces de llegar a ningún resultado, viven predicando la renuncia.

EL GUERRERO DE LA LUZ presta atención a las pequeñas cosas, porque ellas pueden entorpecer mucho cualquier acción.

Una espina, por pequeña que sea, hace que el viajero interrumpa su paso. Una pequeña e invisible célula puede destruir un organismo sano. El recuerdo de un instante de miedo en el pasado hace que la cobardía regrese cada mañana. Una fracción de segundo abre la guardia para el golpe fatal del enemigo.

El guerrero está atento a las pequeñas cosas. A veces es duro consigo mismo, pero prefiere actuar así.

"El diablo habita en los detalles", dice un viejo proverbio de la Tradición.

El guerrero de la luz no siempre tiene fe.

Hay momentos en los que no cree absolutamente en nada. Y pregunta a su corazón: "¿Valdrá la pena tanto esfuerzo?"

Pero el corazón continúa callado. Y el guerrero debe decidir por sí mismo.

Entonces él busca un ejemplo. Y recuerda que Jesús pasó por algo semejante, para poder vivir la condición humana en toda su plenitud.

"Aparta de mí este cáliz", dijo Jesús. También él perdió el ánimo y el valor, pero no se detuvo.

El guerrero de la luz continúa sin fe. Pero sigue adelante, y la fe terminará volviendo.

EL GUERRERO SABE QUE NINGÚN hombre es una isla.

No puede luchar solo; sea cual fuere su plan, depende de otras personas. Necesita discutir su estrategia, pedir ayuda y, en los momentos de descanso, tener a alguien a quien contar historias de combate alrededor de la hoguera.

Pero él no deja que la gente confunda su camaradería con inseguridad. Él es transparente en sus acciones y secreto en sus planes.

Un guerrero de la luz baila con sus compañeros, pero no transfiere a nadie la responsabilidad de sus pasos.

EN EL INTERVALO DEL COMBATE, el guerrero descansa.

Muchas veces pasa días sin hacer nada, porque su corazón se lo exige; pero su intuición permanece alerta. Él no comete el pecado capital de la Pereza, porque sabe adónde puede conducir ésta: a la sensación tibia de las tardes de domingo, cuando el tiempo pasa... y nada más.

El guerrero llama a esto "paz de cementerio". Se acuerda de un fragmento del Apocalipsis: "Te maldigo porque no eres ni frío ni caliente. ¡Ojalá fueras frío o caliente! Pero como eres tibio, yo te vomitaré de mi boca".

Un guerrero descansa y ríe. Pero está siempre atento.

EL GUERRERO DE LA LUZ lo sabe: todo el mundo tiene miedo de todo el mundo.

Este miedo generalmente se manifiesta de dos maneras: a través de la agresividad o a través de la sumisión. Son aspectos del mismo problema.

Por eso, cuando está delante de alguien que le inspira temor, el guerrero se acuerda de que el otro tiene las mismas inseguridades que él, pasó por obstáculos parecidos, vivió los mismos problemas.

Pero está sabiendo manejar mejor la situación. ¿Por qué? Porque él utiliza el miedo como motor, y no como un freno.

Entonces el guerrero aprende del adversario, y actúa de la misma forma.

PARA EL GUERRERO, NO EXISTE amor imposible.

Él no se deja intimidar por el silencio, por la indiferencia o por el rechazo. Sabe que, tras la máscara de hielo que usan las personas, existe un corazón de fuego.

Por eso el guerrero arriesga más que los otros. Busca incesantemente el amor de alguien, aun cuando esto signifique escuchar muchas veces la palabra "no", regresar a casa derrotado, sentirse rechazado en cuerpo y alma.

Un guerrero no se deja asustar cuando busca lo que necesita. Sin amor, él no es nada.

EL GUERRERO DE LA LUZ conoce el silencio que anticipa el combate importante.

Y este silencio parece decir: "Todo se ha detenido. Es mejor olvidarse de la lucha y divertirse un poco". Los combatientes sin experiencia dejan sus armas en ese momento, y se quejan del tedio.

El guerrero está atento al silencio; en algún lugar, algo está sucediendo. Él sabe que los terremotos destructores llegan sin previo aviso. Ya caminó por selvas durante la noche; cuando los animales no hacen ningún ruido, es que el peligro está próximo.

Mientras los otros conversan, el guerrero se adiestra en el manejo de la espada, y vigila el horizonte.

El guerrero de la luz confía.

Porque cree en milagros, los milagros empiezan a suceder. Porque está seguro de que su pensamiento puede cambiar su vida, su vida empieza a cambiar. Porque está convencido de que encontrará el amor, este amor aparece.

De vez en cuando se decepciona. A veces, recibe golpes.

Entonces escucha comentarios: "¡Qué ingenuo es!".

Pero el guerrero sabe que vale la pena. Por cada derrota, tiene dos conquistas a su favor.

Todos los que confían lo saben.

EL GUERRERO DE LA LUZ ha aprendido que es mejor seguir la luz.

Él ya traicionó, mintió, se desvió de su camino, cortejó a las tinieblas. Y todo continuó saliendo bien, como si no hubiera pasado nada.

Sin embargo, un abismo llega de repente; se pueden dar mil pasos seguros, y un paso de más acaba con todo. Entonces el guerrero se detiene antes de destruirse a sí mismo.

Al tomar esta decisión, escucha cuatro comentarios: "Tu conducta siempre ha sido equivocada. Ya eres demasiado mayor para cambiar. Tú no eres bueno. Tú no te mereces nada".

Él eleva sus ojos al cielo. Y una voz le dice: "Querido amigo, todo el mundo ha hecho en su vida cosas equivocadas. Estás perdonado, pero no puedo forzar ese perdón. Decídete".

El verdadero guerrero de la luz acepta el perdón.

El guerrero de la luz siempre procura mejorar.

Cada golpe de su espada trae consigo siglos de sabiduría y meditación. Cada golpe necesita tener la fuerza y la habilidad de todos los guerreros del pasado, que aún hoy continúan bendiciendo la lucha. Cada movimiento en combate honra los movimientos que las generaciones anteriores procuraron transmitir a través de la Tradición.

El guerrero desarrolla la belleza de sus golpes.

Un guerrero de la luz es confiable.

Comete algunos errores, a veces se juzga más importante de lo que realmente es. pero no miente.

Cuando se reúne alrededor de la hoguera, conversa con sus compañeros y compañeras. Sabe que sus palabras quedan guardadas en la memoria del Universo, como un atestado de lo que piensa.

Y el guerrero reflexiona: "¿Por qué hablaré tanto, si muchas veces no soy capaz de hacer todo lo que digo?"

El corazón responde: "Cuando tú defiendes públicamente tus ideas, debes esforzarte para vivir de acuerdo con ellas".

Y porque piensa que él es lo que habla, el guerrero acaba transformándose en lo que dice.

EL GUERRERO SABE QUE DE vez en cuando el combate se interrumpe.

De nada sirve forzar la lucha; es necesario tener paciencia, esperar que las fuerzas entren nuevamente en choque. En el silencio del campo de batalla, escucha los latidos de su corazón.

Percibe que está tenso. Que tiene miedo.

El guerrero hace un balance de su vida: comprueba si la espada está afilada, el corazón satisfecho, la fe incendiando el alma. Sabe que el mantenimiento es tan importante como la acción.

Siempre falta algo. Y el guerrero aprovecha los momentos en que el tiempo se detiene para equiparse mejor.

UN GUERRERO SABE QUE UN ángel y un demonio se disputan la mano que sostiene la espada.

Dice el demonio: "Vas a flaquear. No sabrás cuál es el momento exacto. Tienes miedo". Dice el ángel: "Vas a flaquear. No sabrás cuál es el momento exacto. Tienes miedo".

El guerrero se sorprende. Ambos le han dicho lo mismo.

Entonces el demonio continúa: "Deja, que yo te ayudo". Y dice el ángel: "Yo te ayudo".

En este momento, el guerrero percibe la diferencia. Las palabras son las mismas, pero los aliados son diferentes.

Entonces él escoge la mano de su ángel.

CADA VEZ QUE EL GUERRERO saca su espada, la utiliza.

Puede servir para abrir un camino, ayudar a alguien o alejar un peligro. Pero una espada es caprichosa, y no le gusta ver su lámina expuesta sin razón.

Por eso el guerrero jamás amenaza. Puede atacar, defenderse o huir, cualquiera de estas actitudes forma parte del combate. Lo que no forma parte del combate es desperdiciar la fuerza de un golpe hablando sobre él.

Un guerrero de la luz está siempre atento a los movimientos de su espada. Pero no puede olvidar que la espada también está atenta a sus movimientos.

Y ella no fue hecha para ser usada con la boca.

A VECES EL MAL PERSIGUE al guerrero de la luz; entonces, con tranquilidad, él lo invita a entrar en su tienda.

Y pregunta al mal: "¿Tú quieres herirme o quieres usarme para herir a otros?".

El mal finge no oír. Dice que conoce las tinieblas del alma del guerrero. Hurga en heridas no cicatrizadas y clama venganza. Recuerda que conoce algunas artimañas y venenos sutiles que lo ayudarán a destruir a sus enemigos.

El guerrero de la luz escucha. Si el mal se distrae, él hace que retome la conversación, y le pide detalles de todos sus proyectos.

Después de oírlo todo, se levanta y se va. El mal ha hablado tanto, está tan cansado y tan vacío, que no tendrá fuerzas para acompañarlo.

EL GUERRERO DE LA LUZ, sin querer, da un paso en falso y se hunde en el abismo.

Los fantasmas lo asustan, la soledad lo atormenta. Como había buscado el Buen Combate, no pensaba que esto pudiera sucederle nunca a él; pero sucedió. Rodeado de oscuridad, se comunica con su maestro.

—Maestro, caí en el abismo —dice—. Las aguas son hondas y oscuras.

—Recuerda esto —responde el Maestro—: lo que ahoga a alguien no es la inmersión, sino el hecho de permanecer bajo el agua.

Y el guerrero usa sus fuerzas para salir de la situación en que se encuentra.

El guerrero de la luz se comporta como una criatura.

Las personas se escandalizan: se han olvidado de que una criatura necesita divertirse, jugar, ser un poco irreverente, hacer preguntas inconvenientes e inmaduras, decir tonterías en las que ni siquiera ella misma cree.

Y preguntan horrorizadas: "¿Es eso el camino espiritual? ¡Él no tiene madurez!".

El guerrero se enorgullece del comentario. Y mantiene su contacto con Dios, a través de su inocencia y alegría, sin perder de vista su misión.

La raíz latina de la palabra “responsabilidad” desvela su significado: capacidad de responder, de reaccionar.

Un guerrero responsable ha sido capaz de observar y de entrenarse. Incluso ha sido capaz de ser “irresponsable”. A veces se dejó llevar por una situación, y ni respondió ni reaccionó.

Pero aprendió las lecciones; tomó una actitud, oyó un consejo, tuvo la humildad de aceptar ayuda.

Un guerrero responsable no es el que coloca sobre sus hombros el peso del mundo, sino aquel que aprendió a luchar contra los desafíos del momento.

UN GUERRERO DE LA LUZ siempre puede elegir su campo de batalla.

A veces se ve sorprendido por combates que no deseaba: pero no sirve de nada huir, porque estos combates lo seguirán.

Entonces, en el momento en que el conflicto es casi inevitable, el guerrero habla con su adversario. Sin demostrar miedo ni cobardía, procura saber por qué el otro quiere luchar; qué es lo que le hizo salir de su aldea y buscarlo para un duelo. Sin desenvainar la espada, el guerrero lo convence de que aquel combate no es el suyo.

Un guerrero de la luz escucha lo que su adversario tenga que decirle. Sólo lucha si es necesario.

AL GUERRERO DE LA LUZ le horrorizan las decisiones importantes.

"Esto es demasiado para ti", dice un amigo. "¡Adelante, sé valiente!", le dice otro. Y sus dudas aumentan.

Después de algunos días de angustia, él se retira a un rincón de su tienda, en donde acostumbra a sentarse para meditar y orar. Se ve a sí mismo en el futuro. Ve a las personas que serán beneficiadas o perjudicadas por su actitud. No quiere causar sufrimientos inútiles, pero tampoco quiere abandonar el camino.

El guerrero entonces deja que la decisión se manifieste.

Si fuera preciso decir sí, lo dirá con valor. Si es necesario decir no, lo dirá sin cobardía.

UN GUERRERO DE LA LUZ asume enteramente su Leyenda Personal.

Sus compañeros comentan: "¡Su fe es admirable!".

El guerrero se enorgullece unos instantes, pero luego se avergüenza de lo que ha escuchado, porque no tiene la fe que aparenta.

En este momento su ángel le susurra: "Tú eres apenas un instrumento de la luz. No hay motivos para vanagloriarse, pero tampoco para sentirse culpable; sólo hay motivos para la alegría".

Y el guerrero de la luz, consciente de que es un instrumento, se queda más tranquilo y seguro.

"Hitler puede haber perdido la guerra en el campo de batalla, pero terminó ganando algo —dice M. Halter—. Porque el hombre del siglo xx creó el campo de concentración, resucitó la tortura y enseñó a los semejantes que es posible cerrar los ojos ante las desgracias ajenas".

Puede ser que tenga razón: existen niños abandonados, civiles masacrados, inocentes en las cárceles, viejos solitarios, borrachos en las cunetas, locos en el poder.

Pero quizá él no tenga ninguna razón: existen los guerreros de la luz.

Y los guerreros de la luz jamás aceptan lo que es inaceptable.

El guerrero de la luz nunca olvida el viejo proverbio: el buen cabrito no chilla.

Las injusticias existen. Todos se ven envueltos en situaciones inmerecidas, generalmente cuando no se pueden defender. Muchas veces la derrota llama a la puerta del guerrero.

En esas ocasiones, él permanece en silencio. No gasta energía en palabras, porque ellas no pueden hacer nada: es mejor usar las fuerzas para resistir, tener paciencia y saber que Alguien está vigilando. Alguien que vio el sufrimiento injusto y no se conforma con ello.

Este Alguien le da lo que él necesita: tiempo. Tarde o temprano, volverá a trabajar en su favor.

Un guerrero de la luz es sabio; no comenta sus derrotas.

Una espada puede durar poco. Pero el guerrero de la luz tiene que durar mucho.

Por eso no se deja engañar por su propia capacidad, y evita ser tomado por sorpresa. Él da a cada cosa el valor que merece tener.

Muchas veces, ante asuntos graves, el demonio musita en su oído: "No te preocupes con esto porque no es serio".

Otras veces, ante cosas banales, el demonio le dice: "Necesitas dedicar toda tu energía para resolver esta situación".

El guerrero no escucha lo que el demonio le está diciendo: él es el dueño de su espada.

UN GUERRERO DE LA LUZ está siempre vigilante.

No pide permiso a los otros para empuñar su espada: simplemente la toma en sus manos. Tampoco pierde tiempo explicando sus gestos; fiel a las determinaciones de Dios, él responde por sus acciones.

Mira a sus costados e identifica a sus amigos. Mira hacia atrás e identifica a sus adversarios. Es implacable con la traición, pero no se venga; se limita a apartar a los enemigos de su vida, sin luchar con ellos más allá del tiempo necesario.

Un guerrero no intenta parecer, él es.

UN GUERRERO NO ANDA CON quien le quiere hacer mal. Ni tampoco es visto en compañía de los que lo quieren "consolar".

Evita a quienes sólo están a su lado en caso de derrota, estos falsos amigos que quieren probar que la debilidad compensa. Siempre traen malas noticias. Siempre intentan destruir la confianza del guerrero, bajo el manto de la "solidaridad".

Cuando lo ven herido, se deshacen en lágrimas, pero en el fondo de su corazón están contentos porque el guerrero perdió una batalla. No entienden que esto forma parte del combate.

Los verdaderos compañeros de un guerrero están a su lado en todos los momentos, en las horas difíciles y en las horas fáciles.

EN EL COMIENZO DE SU lucha, el guerrero de la luz afirmó: "Tengo sueños".

Después de algunos años, percibe que es posible llegar a donde quiere; sabe que será recompensado.

Llegado este momento, se entristece. Ha conocido la infelicidad ajena, la soledad, las frustraciones que acompañan a gran parte de la humanidad, y considera que no merece lo que está a punto de recibir.

Su ángel susurra: "Entrega todo". El guerrero se arrodilla y ofrece a Dios sus conquistas.

La Entrega obliga al guerrero a parar de hacer preguntas tontas, y lo ayuda a vencer la culpa.

El guerrero de la luz tiene la espada en sus manos. Es él quien decide lo que va a hacer, y lo que no hará bajo ninguna circunstancia.

Hay momentos en que la vida lo conduce hacia una crisis: se ve forzado a separarse de cosas que siempre amó. Entonces el guerrero reflexiona. Analiza si está cumpliendo la voluntad de Dios o si actúa por egoísmo, y en el caso de que la separación esté realmente en su camino, la acepta sin protestar.

Si, por el contrario, tal separación fue provocada por la perversidad ajena, él es implacable en su respuesta.

El guerrero es dueño del golpe y del perdón. Y sabe usar los dos con la misma habilidad.

El guerrero de la luz no cae en la trampa de la palabra "libertad".

Cuando su pueblo está oprimido, la libertad es un concepto claro. En esos momentos, usando su espada y su escudo, lucha hasta perder el aliento o la vida. Ante la opresión, la libertad es simple de entender, es lo opuesto a la esclavitud.

Pero a veces el guerrero escucha a los más viejos diciendo: "Cuando pueda dejar de trabajar seré libre". Y apenas transcurrido un año, se quejan: "La vida es solamente tedio y rutina". En este caso, la libertad es difícil de entender: significa ausencia de sentido.

Un guerrero de la luz está siempre comprometido. Es esclavo de su sueño, y libre en sus pasos.

UN GUERRERO DE LA LUZ no se queda siempre repitiendo la misma lucha, principalmente cuando no hay avances ni retrocesos.

Si el combate no progresa, él entiende que es preciso sentarse con el enemigo y discutir una tregua; ambos ya practicaron el arte de la espada, y ahora necesitan entenderse.

Es un gesto de dignidad, y no de cobardía. Es un equilibrio de fuerzas y un cambio de estrategia.

Trazados los planes de paz, los guerreros vuelven a sus casas. No necesitan probar nada a nadie; lucharon en el Buen Combate y mantuvieron la fe. Cada uno cedió un poco, aprendiendo con esto el arte de la negociación.

Los amigos del guerrero de la luz le preguntan de dónde procede su energía. Y él les responde: "Del enemigo oculto".

Los amigos preguntan quién es.

El guerrero responde: "Alguien a quien no pudimos herir".

Puede ser un niño que lo venció en una pelea en su infancia, la noviecita que lo dejó a los once años, el profesor que le llamaba burro. Cuando está cansado, el guerrero se acuerda de que él aún no vio su coraje.

No piensa en venganza, porque el enemigo oculto no forma ya parte de su historia. Piensa solamente en mejorar su habilidad, para que sus hazañas corran por el mundo y lleguen a los oídos de quien lo hirió en el pasado.

El dolor de ayer es la fuerza del guerrero de la luz.

Un guerrero de la luz siempre tiene una segunda oportunidad en la vida.

Como todos los demás hombres y mujeres, él no nació sabiendo manejar su espada, y cometió muchas equivocaciones antes de descubrir su Leyenda Personal.

Ningún guerrero puede sentarse en torno a la hoguera y decir a los otros: "Siempre actué correctamente". Quien afirma esto está mintiendo, y aún no aprendió a conocerse a sí mismo. El verdadero guerrero de la luz ya cometió injusticias en el pasado.

Pero en el transcurso de la jornada, percibe que las personas con quienes actuó injustamente siempre se vuelven a cruzar en su camino.

Es su oportunidad de corregir el mal que les causó. Y él siempre la utiliza, sin vacilar.

Un guerrero es simple como las palomas y prudente como las serpientes.

Cuando se reúne para conversar, no juzga el comportamiento de los otros; él sabe que las tinieblas utilizan una red invisible para propagar su mal. Esta red captura cualquier información suelta en el aire y la transforma en la intriga y la envidia que parasitan el alma humana.

Así, todo lo que se dice respecto de alguien siempre termina llegando a los oídos de los enemigos de esa persona, aumentado por la carga tenebrosa de veneno y maldad.

Por eso, cuando el guerrero habla de las actitudes de su hermano, imagina que él está presente, escuchando lo que dice.

ENTONCES LO REPITO: LOS GUERREROS de la luz se reconocen por la mirada. Están en el mundo, forman parte del mundo, y al mundo fueron enviados sin alforja ni sandalias. Muchas veces son cobardes. No siempre actúan acertadamente.

Los guerreros de la luz sufren por tonterías, se preocupan por cosas mezquinas, se juzgan incapaces de crecer. Los guerreros de la luz de vez en cuando se consideran indignos de cualquier bendición o milagro.

Los guerreros de la luz con frecuencia se preguntan qué están haciendo aquí. Muchas veces piensan que su vida no tiene sentido.

Por eso son guerreros de la luz. Porque se equivocan. Porque preguntan. Porque continúan buscando un sentido. Y terminan encontrándolo.

El guerrero de la luz está ahora despertando de su sueño.

Piensa: "No sé luchar con esta luz, que me hace crecer". La luz, sin embargo, no desaparece.

El guerrero piensa: "Necesitaría hacer cambios, pero me falta voluntad para ello".

La luz continúa, porque la voluntad es una palabra llena de trucos.

Entonces los ojos y el corazón del guerrero empiezan a acostumbrarse a la luz. Ya no lo asusta, y él pasa a aceptar su Leyenda, aun cuando eso signifique correr riesgos.

El guerrero estuvo dormido mucho tiempo. Es natural que se vaya despertando poco a poco.

El luchador experto aguanta insultos; conoce la fuerza de su puño, la habilidad de sus golpes. Ante un oponente desprevenido, le basta mirar al fondo de los ojos para vencerlo sin necesidad de llevar la lucha a un plano físico.

A medida que el guerrero aprende con su maestro espiritual, la luz de la fe también brilla en sus ojos, y él no precisa probar nada a nadie. No importan los argumentos agresivos del adversario, diciendo que Dios es una superstición, que los milagros son trucos, que creer en ángeles es huir de la realidad.

Como buen luchador, el guerrero de la luz conoce su inmensa fuerza, pero jamás lucha con quien no merece el honor del combate.

EL GUERRERO DE LA LUZ debe recordar siempre las cinco reglas del combate, escritas por Chuan Tzu hace tres mil años:

*La fe:* antes de entrar en una batalla, hay que creer en el motivo de la lucha.

*El compañero:* escoge a tus aliados y aprende a luchar acompañado, porque nadie vence una guerra solo.

*El tiempo:* una lucha en el invierno es diferente a una lucha en el verano; un buen guerrero presta atención al momento adecuado de entrar en combate.

*El espacio:* no se lucha en un desfiladero de la misma manera que en una llanura. Considera lo que existe a tu alrededor, y la mejor manera de moverte.

*La estrategia:* el mejor guerrero es aquel que planifica su combate.

EL GUERRERO POCAS VECES SABE el resultado de una batalla, cuando ésta termina.

El movimiento de la lucha generó mucha energía a su alrededor, y existe un momento en el que tanto la victoria como la derrota son posibles. El tiempo dirá quién venció o perdió; pero él sabe que, a partir de ese instante, ya no puede hacer nada más: el destino de aquella lucha está en las manos de Dios.

En esos momentos, el guerrero de la luz no se queda preocupado por los resultados. Examina su corazón y se pregunta: "¿Combatí el Buen Combate?". Si la respuesta es positiva, él descansa. Si la respuesta es negativa, toma su espada y empieza a entrenarse de nuevo.

EL GUERRERO DE LA LUZ lleva en sí la centella de Dios.

Su destino es estar junto con otros guerreros, pero a veces necesitará practicar solo el arte de la espada; por eso, cuando está separado de sus compañeros, se comporta como una estrella.

Ilumina la parte del Universo que le fue destinada, e intenta mostrar galaxias y mundos a todos los que miran al cielo.

La persistencia del guerrero será en breve recompensada. Poco a poco, otros guerreros se aproximan y los compañeros se reúnen en constelaciones, con sus símbolos y sus misterios.

DICE ASÍ EL BREVIARIO DE la Caballería Medieval:

"La energía espiritual del Camino utiliza la justicia y la paciencia para preparar tu espíritu.

"Éste es el camino del Caballero: un camino fácil y al mismo tiempo difícil, porque obliga a dejar de lado las cosas inútiles y las amistades relativas. Por eso, al comienzo, se vacila tanto antes de seguirlo.

"He aquí la primera enseñanza de la Caballería: tú borrarás lo que hasta ahora habías escrito en el cuaderno de tu vida: inquietud, inseguridad, mentira. Y escribirás, en lugar de todo esto, la palabra *coraje*. Comenzando la jornada con esta palabra, y siguiendo con la fe en Dios, llegarás hasta donde necesitas".

Cuando el momento del combate se aproxima, el guerrero de la luz está preparado para todas las eventualidades.

Analiza cada estrategia, y pregunta: "¿Qué haría yo si tuviera que luchar conmigo mismo?". Así, descubre sus puntos flacos.

En este momento, el adversario se aproxima; trae la bolsa llena de promesas, tratados, negociaciones. Tiene propuestas tentadoras y alternativas fáciles.

El guerrero analiza cada una de las propuestas; también busca un acuerdo, pero sin perder la dignidad. Si evita el combate, no lo hará por haber sido seducido, sino por considerar que es la mejor estrategia.

Un guerrero de la luz no acepta regalos de su enemigo.

A VECES EL GUERRERO DE la luz tiene la impresión de vivir dos vidas al mismo tiempo.

En una de ellas, es obligado a hacer todo lo que no quiere, a luchar por ideas en las que no cree. Pero existe otra vida, y él la descubre en sus sueños, lecturas, gente que piensa como él.

El guerrero va permitiendo que sus dos vidas se aproximen. "Hay un puente que une lo que hago con lo que me gustaría hacer", piensa. Poco a poco, sus sueños van apoderándose de su rutina, hasta que él percibe que está listo para lo que siempre deseó.

Entonces basta un poco de osadía para que ambas vidas se transformen en una sola.

Escribe otra vez lo que ya te dije:

El guerrero de la luz necesita dedicar tiempo para sí mismo. Y usa ese tiempo para el descanso, la contemplación, el contacto con el Alma del Mundo. Aun en medio de un combate, él consigue meditar.

En algunas ocasiones, el guerrero se sienta, se relaja, y deja que todo lo que sucede a su alrededor siga sucediendo. Mira al mundo como si fuera un espectador, no intenta crecer ni disminuir, sólo entregarse sin resistencia al movimiento de la vida.

Lentamente, todo lo que parecía complicado empieza a volverse sencillo. Y el guerrero se alegra.

El guerrero de la luz se cuida de las personas que piensan conocer el camino.

Están siempre tan confiados en su capacidad de decisión que no perciben la ironía con que el destino escribe la vida de cada uno; y siempre se quejan cuando lo inevitable golpea a su puerta.

El guerrero de la luz tiene sueños. Sus sueños lo llevan hacia adelante. Pero él jamás comete el error de pensar que el camino es fácil y la puerta ancha. Sabe que el Universo funciona como funciona la alquimia: *solve et coagula*, decían los maestros. "Concentra y dispersa tus energías de acuerdo con la situación".

Existen momentos para actuar y momentos para aceptar. El guerrero sabe hacer la distinción.

EL GUERRERO DE LA LUZ, cuando aprende a manejar su espada, descubre que su equipo necesita completarse, y esto incluye una armadura.

Él sale en busca de su armadura y escucha las propuestas de varios vendedores:

"Usa la coraza de la soledad", dice uno.

"Usa el escudo del cinismo", responde otro.

"La mejor armadura es no enredarse en nada", afirma un tercero.

El guerrero, sin embargo, no les hace caso. Con serenidad, va hasta su lugar sagrado y viste el manto indestructible de la fe.

La fe detiene todos los golpes. La fe transforma el veneno en agua cristalina.

"Vivo creyendo en todo lo que los demás me dicen, y siempre me decepciono", acostumbran a decir los compañeros.

Es importante confiar en las personas; un guerrero de la luz no teme a las decepciones porque conoce el poder de su espada y la fuerza de su amor.

No obstante, él consigue imponer sus límites: una cosa es aceptar las señales de Dios, y entender que los ángeles usan la boca de nuestro prójimo para aconsejarnos. Otra cosa es ser incapaz de tomar decisiones y estar siempre buscando la manera de dejar que los otros nos digan lo que debemos hacer.

Un guerrero confía en los otros porque, en primer lugar, confía en sí mismo.

El guerrero de la luz contempla la vida con dulzura y firmeza.

Está ante un misterio, cuya respuesta encontrará un día. De vez en cuando se dice a sí mismo: "Pero esta vida parece una locura".

Tiene razón. Entregado al milagro de lo cotidiano, nota que no siempre es capaz de prever las consecuencias de sus actos. A veces actúa sin saber que está actuando, salva sin saber que está salvando, sufre sin saber por qué está triste.

Sí, esta vida es una locura. Pero la gran sabiduría del guerrero de la luz consiste en elegir bien su locura.

EL GUERRERO DE LA LUZ contempla las dos columnas que están al lado de la puerta que quiere abrir.

Una se llama Miedo, la otra se llama Deseo. El guerrero contempla la columna del Miedo y allí está escrito: "Vas a entrar en un mundo desconocido y peligroso, donde todo lo que aprendiste hasta ahora no te servirá para nada".

El guerrero mira a la columna del Deseo, y allí está escrito: "Vas a salir de un mundo conocido, donde están guardadas las cosas que siempre quisiste, y por las cuales luchaste tanto".

El guerrero sonríe, porque no existe nada que lo asuste ni nada que lo retenga. Con la seguridad de quien sabe lo que quiere, él abre la puerta.

UN GUERRERO DE LA LUZ practica un penoso ejercicio de crecimiento interior: concede atención a cosas que se realizan automáticamente, como respirar, guiñar los ojos o reparar en los objetos que lo rodean.

Hace esto cuando se siente confuso. Así se libera de sus tensiones y deja a su intuición trabajar con más libertad, sin interferencia de sus miedos o deseos. Ciertos problemas que parecían insolubles terminan siendo resueltos, ciertos dolores que juzgaba insuperables se disipan sin esfuerzo.

Cuando tiene que afrontar una situación difícil, usa esa técnica.

El guerrero de la luz escucha comentarios tales como "yo no quiero contar ciertas cosas porque la gente es envidiosa".

Al oír esto, el guerrero ríe. "La envidia no puede causar ningún daño, si no es aceptada. La envidia forma parte de la vida, y todos necesitan aprender a tratar con ella".

Sin embargo, él rara vez comenta sus planes, por lo que a veces los demás piensan que tiene miedo de la envidia.

Pero él sabe que cada vez que habla de un sueño, usa un poco de la energía de ese sueño para expresarse. Y de tanto hablar, corre el riesgo de gastar toda la energía necesaria para actuar.

Un guerrero de la luz conoce el poder de las palabras.

EL GUERRERO DE LA LUZ conoce el valor de la persistencia y del coraje.

Muchas veces, durante el combate, él recibe golpes que no esperaba. Y comprende que, durante la guerra, el enemigo vencerá algunas batallas. Cuando esto sucede, él llora sus penas y descansa para recuperar un poco las energías. Pero inmediatamente después vuelve a luchar por sus sueños.

Porque cuanto más tiempo permanezca alejado, mayores son las probabilidades de sentirse débil, miedoso, intimidado. Cuando un jinete cae del caballo y no vuelve a montarlo al minuto siguiente, jamás tendrá el valor de hacerlo nuevamente.

UN GUERRERO DE LA LUZ sabe lo que vale la pena.

Él decide sus acciones usando la inspiración y la fe. No obstante, a veces encuentra personas que lo llaman para actuar en luchas que no son suyas, en campos de batalla que él no conoce —o que no le interesan—. Esas personas quieren implicar al guerrero de la luz en desafíos que son importantes para ellas, pero no para él.

Muchas veces son personas próximas, que aprecian al guerrero, confían en su fuerza y, como están ansiosas, quieren su ayuda de cualquier manera.

En estos momentos, él sonríe y demuestra su amor, pero no acepta la provocación.

Un verdadero guerrero de la luz siempre elige su campo de batalla.

EL GUERRERO DE LA LUZ sabe perder.

Él no trata a la derrota como algo indiferente, usando frases tales como "Bien, esto no era tan importante" o "A decir verdad, yo no quería realmente esto". Acepta la derrota como una derrota, sin intentar transformarla en victoria.

Amarga el dolor de las heridas, la indiferencia de los amigos, la soledad de la pérdida. En estos momentos se dice a sí mismo: "Luché por algo y no lo conseguí. Perdí mi primera batalla".

Esta frase le da nuevas fuerzas. Él sabe que nadie gana siempre, y sabe distinguir sus aciertos de sus errores.

CUANDO SE QUIERE ALGO, EL Universo entero conspira en su favor. El guerrero de la luz lo sabe.

Por esta razón cuida mucho sus pensamientos. Escondidos bajo una serie de buenas intenciones existen sentimientos que nadie osa confesarse a sí mismo: venganza, autodestrucción, culpa o miedo de la victoria, la alegría macabra ante la tragedia de otros.

El Universo no juzga: conspira a favor de lo que deseamos. Por eso, el guerrero tiene el valor de mirar hasta las sombras de su alma y ver si no está pidiendo nada nocivo para sí mismo.

Y tiene siempre mucho cuidado de lo que piensa.

JESÚS DECÍA: "QUE TU SÍ sea un sí, y que tu no sea no". Cuando el guerrero asume una responsabilidad, mantiene su palabra.

Los que prometen y no cumplen, pierden el respeto hacia sí mismos, se avergüenzan de sus actos. La vida de estas personas consiste en huir; ellas gastan mucha más energía dando una serie de disculpas para deshonrar lo que dijeron, que la que usa el guerrero de la luz para mantener sus compromisos.

A veces él también asume una responsabilidad tonta, que derivará en su perjuicio. No volverá a repetir esa actitud, pero, aun así, cumple con honor lo que dijo y paga el precio de su impulsividad.

Cuando gana una batalla, el guerrero la conmemora.

Esta victoria costó momentos difíciles, noches de dudas, interminables días de espera. Desde los tiempos antiguos celebrar un triunfo forma parte del propio ritual de la vida: la conmemoración es un rito del pasaje.

Los compañeros ven la alegría del guerrero de la luz y piensan: "¿Por qué hace esto? Puede llevarse una decepción en su próximo combate. Puede atraer la furia del enemigo".

Pero el guerrero sabe el motivo de su gesto. Él se beneficia del mejor regalo que la victoria puede aportarle: la confianza.

Celebra hoy su victoria de ayer para tener más fuerzas en la batalla de mañana.

UN DÍA, SIN NINGÚN AVISO previo, el guerrero descubre que lucha sin el mismo entusiasmo que antes.

Continúa haciendo todo lo que hacía, pero cada gesto parece haber perdido su sentido. En este momento, él sólo tiene una elección: continuar practicando el Buen Combate. Hace sus oraciones por obligación, o por miedo, o por cualquier otro motivo, pero no interrumpe su camino.

Sabe que el ángel de Aquel que lo inspira está dando un paseo. El guerrero mantiene la atención concentrada en su lucha e insiste, aun cuando todo parece inútil. Al poco tiempo el ángel regresa, y el simple rumor de sus alas le devolverá la alegría.

UN GUERRERO DE LA LUZ comparte con los otros lo que sabe del camino.

Quien ayuda siempre es ayudado, y tiene que enseñar lo que aprendió. Por eso, él se sienta alrededor de la hoguera y cuenta cómo fue su día de lucha.

Un amigo le susurra: "¿Por qué revelas tan abiertamente tu estrategia? ¿No ves que actuando así corres el riesgo de tener que compartir tus conquistas con los otros?".

El guerrero se limita a sonreír, sin responder. Sabe que si llegara al final de la jornada a un paraíso vacío, su lucha no habría valido la pena.

EL GUERRERO DE LA LUZ aprendió que Dios usa la soledad para enseñar la convivencia.

Usa la rabia para mostrar el infinito valor de la paz. Usa el tedio para resaltar la importancia de la aventura y del abandono.

Dios usa el silencio para enseñar sobre la responsabilidad de las palabras. Usa el cansancio para que se pueda comprender el valor del despertar. Usa la enfermedad para resaltar la bendición de la salud.

Dios usa el fuego para enseñar sobre el agua. Usa la tierra para que se comprenda el valor del aire. Usa la muerte para mostrar la importancia de la vida.

El guerrero da luz antes de que se la pidan.

Cuando ven esto, algunos compañeros comentan: "Quien necesita algo, lo pide".

Pero el guerrero sabe que existe mucha gente que no consigue —simplemente no consigue— pedir ayuda. A su lado existen personas cuyo corazón está tan frágil que comienzan a vivir amores enfermizos; tienen hambre de afecto, y vergüenza de demostrarlo.

El guerrero las reúne alrededor de la hoguera, cuenta historias, reparte su alimento, se embriaga junto con ellas. Al día siguiente, todos se sienten mejor.

Aquellos que miran la miseria con indiferencia son los más miserables.

LAS CUERDAS QUE ESTÁN SIEMPRE tensas terminan desafinando.

Los guerreros que están en continuo entrenamiento pierden espontaneidad en la lucha. Los caballos que siempre saltan obstáculos terminan rompiéndose una pata. Los arcos que son curvados todos los días ya no tiran sus flechas con la misma fuerza.

Por eso, aunque no esté con ganas, el guerrero de la luz procura divertirse con las pequeñas cosas cotidianas.

El guerrero de la luz escucha a Lao Tzu cuando dice que debemos olvidar la idea de días y horas para prestar cada vez más atención al minuto.

Sólo así él consigue resolver ciertos problemas antes de que aparezcan; prestando atención a las pequeñas cosas consigue evitar grandes calamidades.

Pero pensar en las pequeñas cosas no significa pensar en pequeño. Una preocupación exagerada termina eliminando cualquier rastro de alegría de la vida.

El guerrero sabe que un gran sueño está compuesto por muchas cosas diferentes, así como la luz del sol es la suma de sus millones de rayos.

Hay momentos en los que el camino del guerrero pasa por períodos de rutina.

Entonces él aplica una enseñanza de Nachman de Bratzlav: "Si no consigues meditar, debes repetir apenas una simple palabra, porque esto hace bien al alma. No digas nada más, apenas repite esa palabra sin parar incontables veces. Ella terminará perdiendo su sentido y después adquirirá un significado nuevo. Dios abrirá las puertas, y tú terminarás usando esta simple palabra para decir todo lo que querías".

Cuando se ve forzado a repetir la misma tarea varias veces, el guerrero utiliza esta táctica, y transforma su trabajo en oración.

UN GUERRERO DE LA LUZ no tiene "certezas" sino un camino a seguir, al cual procura adaptarse de acuerdo con el tiempo.

Lucha en el verano con equipamientos y técnicas diferentes a los de la lucha en invierno. Siendo flexible, ya no juzga al mundo desde el punto de vista de "acertado" o "equivocado", sino sobre la base de la actitud más apropiada para aquel momento.

Sabe que sus compañeros también tienen que adaptarse, y no se sorprende cuando cambian de actitud. Da a cada uno el tiempo necesario para justificar sus acciones.

Pero es implacable con la traición.

UN GUERRERO SE SIENTA ALREDEDOR de la hoguera con sus amigos.

Pasan horas acusándose mutuamente, pero terminan por la noche durmiendo en la misma tienda y olvidando las ofensas que se dirigieron. De vez en cuando aparece un recién llegado al grupo. Porque aún no tiene una historia en común, muestra solamente sus cualidades, y algunos lo consideran un maestro.

Pero el guerrero de la luz jamás lo compara con sus viejos compañeros de batalla. El extranjero es bienvenido, pero sólo confiará en él cuando sepa también sus defectos.

Un guerrero de la luz no entra en una batalla sin conocer los límites de su aliado.

El guerrero de la luz conoce una vieja expresión popular: "Si el arrepentimiento matase..."

Y sabe que el arrepentimiento mata; va lentamente corroyendo el alma de quien hizo algo mal, y lleva a la autodestrucción.

El guerrero no quiere morir de esta manera. Cuando actúa con perversidad o maldad —porque es un hombre lleno de defectos— no se avergüenza de pedir perdón.

Si aún es posible, usa sus esfuerzos para reparar el mal que hizo. Si la persona que lo recibió ya está muerta, él hace el bien a un extraño y dedica esa acción al alma de su víctima.

Un guerrero de la luz no se arrepiente, porque el arrepentimiento mata. Él se humilla e intenta reparar el mal que causó.

TODOS LOS GUERREROS DE LA luz ya oyeron a su madre decir: "Mi hijo hizo esto porque perdió la cabeza, pero en el fondo es una persona muy buena".

Aun cuando respete a su madre, él sabe que no es así. No está siempre culpándose de sus actos imprudentes, pero tampoco vive perdonándose todos sus desaciertos, pues de esta manera jamás corregiría el camino.

Él usa el sentido común para juzgar el resultado de sus actos, y no las intenciones que tuvo al realizarlos. Asume todas sus acciones, aun cuando deba pagar un alto precio por su error.

Dice un viejo proverbio árabe: "Dios juzga al árbol por sus frutos, y no por sus raíces".

ANTES DE TOMAR UNA DECISIÓN importante —declarar una guerra, mudarse con sus compañeros a otra llanura, escoger un campo para sembrar—, el guerrero se pregunta a sí mismo: "¿Cómo afectará esto a la quinta generación de mis descendientes?".

Un guerrero sabe que los actos de cada persona tienen consecuencias que se prolongan durante mucho tiempo, y necesita saber qué mundo está dejando para su quinta generación.

“No hagas tempestades en un vaso de agua”, advierte alguien al guerrero de la luz.

Pero él nunca exagera un momento difícil y procura mantener siempre la calma necesaria.

Sin embargo, no juega con el dolor ajeno.

Un pequeño detalle, que en nada lo afecta, puede servir de estopín para la tormenta que se preparaba en el alma de su hermano. El guerrero respeta el sufrimiento del prójimo, y no intenta compararlo con el suyo.

La copa de sufrimientos no es del mismo tamaño para todo el mundo.

La primera cualidad del camino espiritual es el coraje", decía Gandhi.

El mundo parece amenazador y peligroso para los cobardes. Éstos buscan la falsa seguridad de una vida sin grandes desafíos, se arman hasta los dientes para defender aquello que creen poseer. Los cobardes terminan construyendo los barrotes de su propia prisión.

El guerrero de la luz proyecta su pensamiento más allá del horizonte. Sabe que si no hace nada por el mundo, nadie más lo hará.

Entonces, participa en el Buen Combate y ayuda a los otros, incluso sin entender bien por qué lo hace.

EL GUERRERO DE LA LUZ lee con atención un texto que el Alma del Mundo envió a Chico Xavier:

"Cuando consigas superar graves problemas de relación, no te detengas en el recuerdo de los momentos difíciles, sino en la alegría de haber atravesado una prueba más en tu vida. Cuando acabes un largo tratamiento de salud, no pienses en el sufrimiento que fue necesario afrontar, sino en la bendición de Dios que permitió tu cura.

"Conserva en tu memoria durante el resto de tus días las cosas buenas que surgieron de las dificultades. Ellas serán una prueba más de tu capacidad, y te infundirán confianza ante cualquier obstáculo".

EL GUERRERO DE LA LUZ se concentra en los pequeños milagros de la vida diaria.

Si es capaz de ver lo bello, es porque trae la belleza dentro de sí, ya que el mundo es un espejo y devuelve a cada hombre el reflejo de su propio rostro. Aun conociendo sus defectos y limitaciones, el guerrero hace lo posible por mantener el buen humor en los momentos de crisis.

Al fin y al cabo, el mundo se está esforzando en ayudarlo, aun cuando todo a su alrededor parezca decir lo contrario.

Existe una basura emocional: es producida en las usinas del pensamiento. Son dolores que ya pasaron y ahora ya no tienen ninguna utilidad. Son precauciones que fueron importantes en el pasado, pero de nada sirven en el presente.

El guerrero también posee sus recuerdos, pero consigue separar lo que es útil de lo innecesario; él se desprende de su basura emocional.

Dice un compañero: "Pero esto forma parte de mi historia. ¿Por qué debo abandonar sentimientos que han marcado mi existencia?".

El guerrero sonríe, pero no intenta sentir cosas que ya no siente ahora. Él está cambiando, y quiere que sus sentimientos lo acompañen.

DICE EL MAESTRO AL GUERRERO, cuando lo ve deprimido:

"Tú no eres lo que aparentas en los momentos de tristeza. Eres mucho más que eso.

"Mientras que muchos partieron (por razones que nunca llegaremos a comprender), tú continúas aquí.

"¿Por qué Dios se llevó a personas tan increíbles y te dejó a ti?

"En este momento, millones de personas ya desistieron. No se quejan, no lloran, ya no hacen nada; se limitan a dejar pasar el tiempo, porque perdieron su capacidad de reacción.

"Tú, en cambio, estás triste. Esto prueba que tu alma continúa viva".

A VECES, EN MEDIO DE una batalla que parece interminable, el guerrero tiene una idea y consigue vencer en pocos segundos.

Entonces piensa: "¿Por qué sufrí tanto tiempo en un combate que ya podía haber sido resuelto con la mitad de la energía que gasté?".

En verdad, cualquier problema, una vez ya resuelto, parece simple. La gran victoria que hoy parece fácil fue el resultado de pequeñas victorias que pasaron desapercibidas.

Entonces el guerrero entiende lo que sucedió y duerme tranquilo. En vez de culparse por haber tardado tanto tiempo en llegar, se alegra por saber que terminó llegando.

Existen dos tipos de oración.

El primero es aquel en el que se pide que determinadas cosas sucedan, intentando decir a Dios lo que debe hacer. No se concede ni tiempo ni espacio para que el Creador actúe. Dios —que sabe muy bien lo que es mejor para cada uno— continuará actuando como Le convenga. Y el que reza queda con la sensación de no haber sido escuchado.

El segundo tipo de rezo es aquel en que, incluso sin comprender los caminos del Altísimo, el hombre deja que se cumplan en su vida los designios del Creador. Pide que se le evite el sufrimiento, pide alegría para el Buen Combate, pero no olvida decir a cada momento "Hágase Tu voluntad".

El guerrero de la luz reza de esta segunda manera.

EL GUERRERO SABE QUE LAS palabras más importantes en todas las lenguas son palabras pequeñas.

Sí. Amor. Dios.

Son palabras que salen con facilidad y llenan gigantescos espacios vacíos.

Sin embargo, existe una palabra —también muy pequeña— que mucha gente tiene dificultad en decir: no.

Quien jamás dice "no" se juzga generoso, comprensivo, educado; porque el "no" tiene fama de maldito, egoísta, poco espiritual.

El guerrero no cae en esta trampa. Hay momentos en los que, al decir "sí" a los otros, él puede estar diciendo "no" para sí mismo.

Por eso, jamás dice un sí con los labios si su corazón está diciendo no.

PRIMERO: DIOS ES SACRIFICIO. SUFRE en esta vida, serás feliz en la próxima.

Segundo: quien se divierte es infantil. Vive bajo tensión.

Tercero: los otros saben más lo que nos conviene, porque tienen más experiencia.

Cuarto: nuestra obligación es satisfacer a los demás. Es preciso agradarles, aun cuando esto signifique hacer renuncias importantes.

Quinto: es preciso no beber de la copa de la felicidad; podría gustarnos demasiado, y no siempre la tendremos a nuestro alcance.

Sexto: es preciso aceptar todos los castigos. Somos culpables.

Séptimo: el miedo es una señal de alerta. No hemos de correr riesgos.

Éstos son los mandamientos que ningún guerrero de la luz puede obedecer.

UN GRUPO MUY GRANDE DE personas está en medio de la carretera, impidiendo cruzar el camino que lleva al Paraíso.

El puritano pregunta: —¿Por qué los pecadores?

Y el moralista clama: —¡La prostituta quiere tomar parte en el banquete!

Grita el guardián de los valores sociales: —¡Cómo perdonar a la mujer adúltera, si ella pecó!

El penitente rasga sus ropas: —¿Por qué curar a un ciego que sólo piensa en su enfermedad y ni siquiera lo agradece?

Se subleva el asceta: —¿Cómo dejas que la mujer derrame en tus cabellos una esencia tan cara? ¿Por qué no venderla y comprar comida?

Sonriendo, Jesús aguanta la puerta abierta. Y los guerreros de la luz entran, independientemente de la gritería histérica.

El adversario es sabio. Siempre que puede, hace uso de su arma más fácil y más efectiva: la intriga. Cuando la utiliza, no necesita hacer mucho esfuerzo, porque otros están trabajando para él. Con palabras mal dirigidas se pueden destruir meses de dedicación, años en busca de armonía.

Con frecuencia el guerrero de la luz es víctima de esta celada. No sabe de dónde viene el golpe, y no tiene cómo probar que la intriga es falsa. La intriga no permite el derecho de defensa: condena sin juicio previo.

Entonces él aguanta las consecuencias y los castigos inmerecidos, pues la palabra tiene poder, y él lo sabe. Pero sufre en silencio, y jamás usa la misma arma para atacar a su adversario.

Un guerrero de la luz no es cobarde.

"DAD AL TONTO MIL INTELIGENCIAS, y él no querrá sino la vuestra", dice el proverbio árabe. Cuando el guerrero de la luz comienza a plantar su jardín, repara en que el vecino está allí, espiando. Le gusta dar consejos sobre cómo sembrar las acciones, adobar los pensamientos, regar las conquistas.

Si atiende a lo que le está diciendo, terminará haciendo un trabajo que no es el suyo; el jardín que ahora cuida será idea del vecino.

Pero un verdadero guerrero de la luz sabe que cada jardín tiene sus misterios, que sólo la mano paciente del jardinero es capaz de descifrar. Por eso prefiere concentrarse en el sol, en la lluvia, en las estaciones.

Sabe que el tonto que da opiniones sobre el jardín ajeno, no está cuidando sus plantas.

PARA LUCHAR, ES PRECISO MANTENER los ojos abiertos. Y tener al lado compañeros fieles.

Sucede que, de repente, aquel que luchaba junto al guerrero de la luz pasa a ser su adversario.

La primera reacción es de rabia; pero el guerrero sabe que el combatiente ciego está perdido en medio de la batalla.

Entonces procura ver las cosas buenas que el antiguo aliado hizo durante el tiempo que convivieron juntos; intenta comprender lo que lo llevó a un cambio tan repentino e inesperado de actitud, cuáles son las heridas que se fueron acumulando en su alma. Busca descubrir qué es lo que hizo que uno de los dos desistiera del diálogo.

Nadie es totalmente bueno o malo; el guerrero piensa en esto cuando ve que tiene un nuevo adversario.

Un guerrero sabe que los fines no justifican los medios. Porque no existen fines; existen solamente medios. La vida lo lleva desde lo desconocido hacia lo desconocido. Cada minuto está revestido de este apasionante misterio: el guerrero no sabe de dónde vino ni hacia dónde va.

Pero no está aquí por casualidad. Y se alegra con la sorpresa, se encanta con los paisajes nuevos. Muchas veces siente miedo, pero esto es normal en un guerrero.

Si sólo piensa en la meta, no conseguirá prestar atención a las señales del camino; si se concentra solamente en una pregunta, perderá varias respuestas que están a su lado.

Por eso el guerrero se entrega.

UN GUERRERO SABE QUE EXISTE el "efecto cascada".

Ya vio muchas veces a alguien actuando mal con quien no tenía el valor para reaccionar. Entonces, por cobardía y resentimiento, esta persona descargó su rabia en otra más débil, que a su vez la descargó en otra, formando una verdadera cadena de infelicidad. Nadie sabe las consecuencias de sus propias crueldades.

Por eso el guerrero es cuidadoso en el uso de la espada, y sólo acepta un adversario que sea digno de él. En los momentos de rabia, prefiere golpear una roca y magullarse la mano.

La mano termina sanando; pero el niño que terminó recibiendo un golpe porque su padre perdió un combate, quedará marcado para el resto de su vida.

CUANDO LLEGA UNA ORDEN DE cambio, el guerrero se despide de todos los amigos que formó durante el transcurso de su camino. A algunos les enseñó cómo escuchar las campanas de un templo sumergido, a otros les contó historias alrededor de la hoguera.

Su corazón se entristece, pero él sabe que su espada está consagrada y debe obedecer las órdenes de Aquel a quien ofreció su lucha.

Entonces el guerrero de la luz agradece a los compañeros de jornada, respira hondo y sigue adelante, cargado con recuerdos de una jornada inolvidable.

# EPÍLOGO

YA ERA DE NOCHE CUANDO ella acabó de hablar. Los dos se quedaron mirando a la luna que nacía.

—Muchas cosas de las que me has dicho se contradicen entre sí —dijo él.

Ella se levantó y le contestó:

—Adiós. Tú sabías que las campanas del fondo del mar no eran una leyenda; pero sólo fuiste capaz de escucharlas cuando percibiste que el viento, las gaviotas, el rumor de las hojas de palmera, todo aquello formaba parte del tañido de las campanas.

"De la misma manera, el guerrero de la luz sabe que todo lo que lo rodea —sus victorias, sus derrotas, su entusiasmo y su desánimo— forma parte de su Buen Combate. Y sabrá usar la estrategia adecuada en el momento en que la necesite. Un guerrero no procura ser coherente; él aprende a vivir con sus contradicciones.

—¿Quién eres? —preguntó.

Pero la mujer se alejaba, caminando sobre las olas, en dirección hacia la luna naciente.

*Fotografía del autor: Xavier González*

**PAULO COELHO** nació en Río de Janeiro en 1947 y es uno de los autores más vendidos e influyentes del mundo. *El Alquimista*, *Brida*, *La Quinta Montaña*, *Once minutos*, *El Zahir*, *La bruja de Portobello*, *Veronika decide morir*, entre otros, han vendido más de 320 millones de ejemplares en todo el mundo.

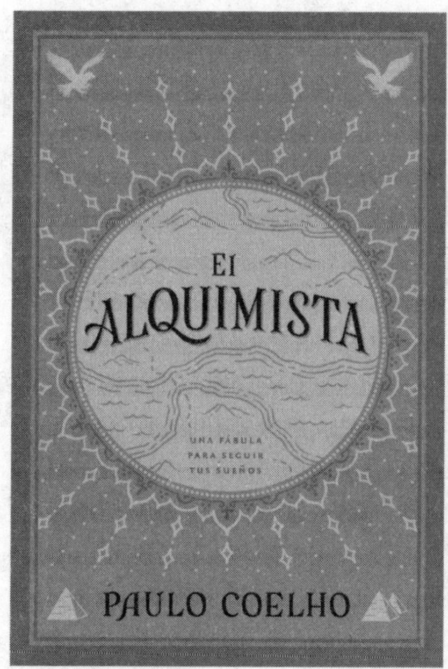
El
ALQUIMISTA
UNA FÁBULA
PARA SEGUIR
TUS SUEÑOS
PAULO COELHO

BRIDA
PAULO COELHO

MANUAL
del GUERRERO
de la LUZ
PAULO COELHO

La
QUINTA
MONTAÑA
PAULO COELHO

ONCE
MINUTOS
PAULO COELHO

EL
VENCEDOR
ESTÁ
SOLO
PAULO COELHO

A
ORILLAS
del RÍO PIEDRA
ME SENTÉ
Y
LLORÉ
PAULO COELHO

La
BRUJA
de
PORTOBELLO
PAULO COELHO

El
ZAHIR
PAULO COELHO

EL DEMONIO
Y la SEÑORITA
PRYM
PAULO COELHO